世界に広がる

パスタ

その数500種類以上！?

小麦粉と水、塩や卵をねったもので長いものや幅広のものなど、いろいろな形があります。イタリアでは、乾燥させるパスタの原料の小麦は、デュラム小麦からつくったセモリナ粉をつかうことが法律で決められています。

百福は「麺」に目をつけ、それをいつでも食べられるようにインスタントラーメンを開発しました。日本では「麺」とは細長くしたもの全般を指しますが、漢字の「麺」とはもともと「小麦粉」という意味です。さまざまな種類の世界の「麺」を見てみましょう！

ラグマン

うどんの先祖？

小麦粉に水や塩を加えたものをねって細長い形にしたもので、日本のうどんによく似ています。通常、牛のスープに羊の肉や野菜が具となります。主に中央アジアで食べられ、中国から西に伝わったものだとされています。

ビーフン

形は「麺」だけど「麺」じゃない？

お米のデンプンを練ってつくった生地を、

インスタントラーメンを発明した実業家

安藤百福

漫画 海野そら太　シナリオ 石川憲二　監修・解説 国立民族学博物館名誉教授 石毛直道

集英社版・学習漫画 世界の伝記NEXT

世界の伝記NEXT

安藤百福

もくじ

この本を読むまえに

●この「学習漫画・世界の伝記NEXT」は、いろいろな分野で偉業をなしとげた人たちの生涯を漫画でわかりやすく構成した本です。

●むずかしいと思われることばは、そのページの欄外に説明してあります。

●解説は、この巻で扱った人物にくわしい方にわかりやすく書いていただきました。本文と合わせて読むことによっていっそう理解が深まります。

●年表には、この巻で扱った人物の生涯を中心に、そのころおこった世界や日本のできごとをのせてあります。歴史の知識もあわせて身につきます。

三分間のあいだに
CUP NOODLE
カップヌードル
ペタ。
トポポ…
ペリ…

カップヌードルが
できあがるまでのあいだ、
すこしお話をしましょう。
カップヌードルは
一九七一年（昭和四六年）に
発売された
世界初のカップ麺です。
开杯乐
CUP NOODLES
BEEF Flavor
発売以来
三〇〇億食以上を
売り上げる
超ロングセラーと
なっています。
味の種類も数多く、
日本だけでなく
世界じゅうの人びとが
食べています。

これほどまでに
カップヌードルや
インスタントラーメンが
世界じゅうで愛されているのは
どうしてなのか？
また、
その生みの親である
安藤百福の人生とは
どういったものだったのか？
カップヌードル
さっそく
そのふたを
開けてみましょう。
一九一〇年（明治四三年）
三月五日、台湾――

商売に目覚める
オギャア
でかしたぞ！
声が大きくて元気な子だ！
オギャア
目鼻立ちもはっきりしてきっといい男になりますよ
オギャア
けど…
ちょっと…
オギャア
ぷっくり
耳が…
耳が大きいのはいいことだ！
みんなの声をよく聞き世の中の役に立つことをして
たくさんの福をはこんでくるように……

※繊維業…糸や布にかかわる産業です。百福のおじいさんは、織物をあつかう呉服屋でした。

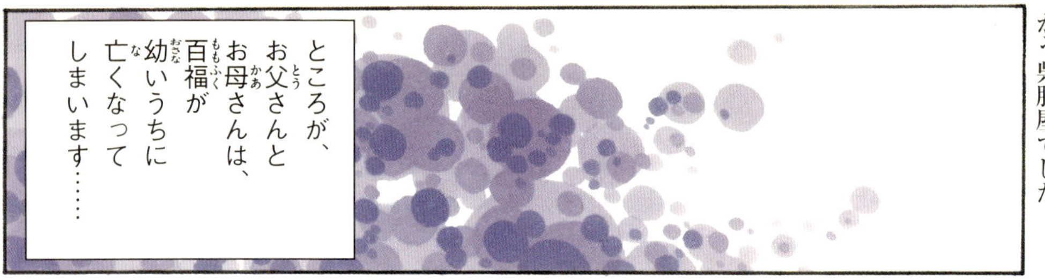

第二次世界大戦前の台湾

台湾は、沖縄の南西方向にある太平洋の島です。広さは九州とほぼ同じで、約三万六〇〇〇平方キロメートルです。

清（現在の中国）に支配されていたのですが、日清戦争で日本が勝つと、一八九五年に日本の領土になりました。

日本は、道路やダム、学校をつくり、台湾の近代化と産業化を強力におし進めました。いっぽうで、日本の支配に反対する人びとによる抵抗運動も、たびたびおこりました。

日本の支配は、一九四五年、日本が太平洋戦争に負けるまでつづきました。

父母のかわりに百福を育ててくれたのは台湾で※繊維業を営む祖父と祖母でした——
ガヤ
ガヤ
おーい店員さんこっちのもたのむ
いらっしゃいいらっしゃい!
はい!まいどあり!
ドタタタタ
おじいさんっ!
おや百福早かったなあ
おつかい行ってきました!
うむじゃあ次は兄さんたちを手伝ってきなさい

はい！
安藤百福　６歳
くるっ
ガヤ
ガヤ
ガヤ
いい品物いっぱい入ったよ
おまけつけときますね！

わくわく
ねえねえ太い糸で編んだ布はこっち？
ふんふん足し算はこうで……
じ～～っ
楽しいかい？
ドキッ

えーっと
お兄さんの手伝いっと……
コロッ
ようく見ておきなさい
いっしょうけんめい仕事をすれば信用してもらえるから楽しく商売ができるんだよ
ぐきゅるるる…
ははは
働いたら腹がへったか!
ごはんですよ――!

し
る
わっ
ごはんだ——‼
幼い子どもたちに家事や仕事の手伝いをさせるのはきびしいように思えますが、この時代、商売をする家ではふつうのことでした。
百福はのちに「物心つくころには炊事、洗濯、掃除や雑用などをひととおりできるようになった」と祖父母に感謝しています。

いただきます!!
ぱあぁ
っ
おっ
きょうは魚のにつけか
ひょい
ぱく
こっちのはみそでいためてあるんだな！
ひょい
ぱく
で…
こっちのは——

百福は食べるときがいちばん元気だな
うん!
おかわり———!
大ぜいに囲まれてくらしていくなかで百福は多くのことを学んで成長していきました。

五年後(ねんご)――
コトコトコト
うーん
モグモグ
ジャッジャッ
っっっあちち…
よし
きょうもいいできだ！

おはよう
お兄ちゃん
おはよう
ほら
きょうの
お弁当だぞ
わあっ
いつも
ありがとう
きょうの
おにぎりは特製の
肉そぼろ入り
だからな
うまいぞ〜!
お兄ちゃんの
料理はぜんぶ
おいしいよ!

じゃあ兄ちゃん学校へ行ってくるからな
タ
タ
タ
タ
毎朝早起きして自分と幼い妹の弁当をつくってから遠い学校へ通うのが、百福の日課となっていました。
しかし、本人は苦労とは思っていなかったようです。

※郡守…日本統治下時代の地方の役職です。郡の事務を取りしきり、下級の役人の監督を行います。
※司書…図書館で、本や記録の整理と保存などを行う役目の人です。

しいーーん
そっか だれも いないんだよな……

ガヤガヤガヤ
あっ お兄ちゃん おかえり――
ガヤガヤ
ガヤ
どうしたの？ ボーッとして
……
ワイワイ
いや なんでもないよ
きょうの晩飯は？

※トンポーロー…ブタばら肉をやわらかくにこんだ中国料理です。

よーし めしだ
食うぞ――!
ドッ
タタタタタ
きゃあ!
どう ちがうのよ?

本を読むのも大切だが
やっぱりぼくは大ぜいの人に囲まれて商売をするほうが好きだなあ……

※メリヤス…よくのびちぢみする布で、肌着などに利用されます。
※内地…このころは、海外の領土を外地、日本国内を内地とよんでいました。

いつもたくさん買ってもらってますからね
商売は助け合いですよ！
ありがとうございまーす
安藤百福 22歳
いいんですか？あんなに安くして……
取り引きってのは腹八分目だよ
全部取っちゃう
ほどほど
満腹になるまでお客から取りすぎちゃお客に負担をかけすぎてしまう
おたがいが気持ちよくつきあえるのが商売の基本だよ！
んーっ
なるほど！
百福は商売の才能を持っていたのでしょう。メリヤスの仕事は大成功しました。

ぼくは
そう教わったんだ……
一九三三年、百福は台湾から繊維産業の盛んだった大阪に進出し、貿易をはじめます。
日東商会
ただいま
おかえりなさい
社長
あきまへん！
注文が多くて商品が足りません！
きょう仕入れた分もすぐ売れてしまうんやないですか？
もっと仕入れ先を広げないとなあ
社長は商品にこだわりすぎなんとちゃいますのん？
いいや！
信用あっての商売だからね
そこはゆずれないよ！
……

そんな甘いこというて〜〜せっかく商品が売れまくってるのに……
社長はまだまだ若いからなあ〜〜
ポン
そうだ！
っん
※丸松に商品を注文してみるってのはどうだ!?
丸
松!?
丸松いうたら日本一のメリヤス会社やないですか!?
あきまへんあきまへん！
うちのような小さいとこなんて相手にもしてくれませんて!!
よし！そうとなったらさっそく行くぞ！
しゃ…社長!?
……ほんまに行くんでっか？
ああ

※ 丸松…1904(明治37)年に創業したメリヤス製造の大手会社です。現在でもニット製品を手がけています。

そわそわ
お待たせしました
おいおい おえらいさん みたいな人がきたで〜
突然おしかけて すみません
なんだ?
ずいぶん若いじゃないか
それで
いったい どのような品物を……?

※番手…糸の太さを番号であらわすもので、数字が大きいほど細くなります。

うん うん
……
あっちゅうまに大企業のおえらいさんと取り引きを決めてしもうた……
なんちゅう人や……
技術力のある大企業と新しい商品をつくる！もっとよりよい商品を……！
この熱意で百福の会社はどんどん成長していきました。
やがてメリヤスだけでなくほかの商品もあつかうようになります。
しかし——

戦争の時代の日本

一九三七（昭和十二）年、日本が中国と戦争をはじめると、軍事費がどんどん増大しました。軍事用の物資を優先して確保し、長びく戦争にそなえるために、政府は国民の経済活動をコントロールするようになりました。「国家総動員法」、「国民徴用令」などの法律がつくられ、国民の自由な生活は制限されました。また、砂糖、衣服などの自由な売買を規制する「切符制」や、主食である米を政府が管理して供給する「配給制」もはじまりました。

太平洋戦争がおこり、日本がしだいに劣勢になると、軍事物資だけでなく、人びとの生活に必要な品物や食べ物も不足していきました。さらに、アメリカ軍の爆撃機が爆弾を落とす「空襲」によって、大ぜいの人びとがなくなり、町が焼かれました。日本にとって、たいへんきびしい時代だったのです。

社長！ここももうあぶないです!!
オォーン
ドンドド
……もはやこれまでか……
仕事に打ちこんできた百福でしたが、
空襲からのがれるため兵庫県の南西部へ移りました。
ふぅ、

※疎開…戦争中に空襲を受けやすい都市の住民が田舎へ移動することです。

山を買ったんだ!
やま……
はあ!?
物の足りないいま これからはどの家でも 燃料が必要になって くるだろう?
山の木を切って 炭をつくろうと 思うんだ
わしらも 仕事ができて よかった
これなら みんなが助かるわ
……
この人……

こんな時代になっても人のためになることを考えてはるとは……
どえらいお人やで安藤百福……！
じゃあきみも手伝ってくれるな！
これから空襲で家をなくした人たちに簡単な組み立て式住宅をつくるんだ
ガシッ
えっ!?
社長──！
戦争でどんなに暗い世の中になっても百福のがんばりが人びとを元気づけたのでした。
しかし彼にはほかにもいっしょうけんめいになったものがありました。
話はすこしさかのぼります。

※中将…軍隊の階級のひとつで、大将のすぐ下の階級です。
※退役…軍隊をやめることです。

※大阪倶楽部…大阪の実業家たちが会員となり、たがいの交流を深める名門の社交クラブです。

じろ じろ
ヒソヒソ
あの女性かあ……
ガチャ
会員の方ですか？

あの…わたくし…
井上中将からご紹介にあずかりまして……
すみません……
わたしまだ結婚する気はないんです……
それに…
こんな時期ですしみんなに祝福されるとも思えませんし……

おはようございます
おはよう
スッ
はい
仁子様
お目にかかれた
よろしくお願い
安藤
……
あの人しつこいなあ
これで何通目？
いらんやろ？捨ててこようか？
いや…自分でするから

お目にかかれて光栄です！
…いえ……
あまり断りつづけるのも失礼かと……
でも…期待はしないでくださいね

かまいません
仁子さんに
お会いできただけでも
最高にうれしいです！
パ
パ
パ
ドン
ドン
ザッ
ザッ
いったい世の中
どうなるのでしょうか？
どうなる？

戦争することが
日本のためになると
いわれていたのに
状況は悪くなって
いくばかり……
ほんとうに
どうなって
しまうん
でしょう……
ちがいますよ

世の中が
どうなるかって
心配ばかりするのは
まちがっています
自分で
どうするかが
大切なんです

……
強いんですね

強いんじゃない
強くなるんです
……
行きましょうか
この人とだったらわたし……

戦後の混乱のなかで

戦争の混乱のなか、
百福のもうれつなアタックもあって
二人は結婚しました。

↓終戦後すぐの大阪駅の周辺

闇市と買い出し

戦後、空襲で焼け野原になった都会の空き地などに、簡易な造りのほったて小屋がたくさんつくられて、食べ物や商品を売る市場ができました。これを「闇市」といいます。

当時は、政府が切符制や配給制によって、品物を人びとのもとにいきわたらせることになっていました。しかし、物不足がひどく、待っていては、必要な食べ物さえ手に入らない状態でした。

そこで、正規の手続きによる取り引きではないという意味の「闇取り引き」による市場を、多くの人びとが利用したのです。戦中・戦後と物価はどんどん上がり、そのうえ闇市での値段は、政府が管理するものよりも高くつきましたが、人びとはみな生きることに必死でした。

食料のとぼしい都会から、満員列車に長時間乗って、農村に買い出しに行く人も大ぜいいました。

なんか
いいにおいが
するぞ!
くるっ
えっ!?
こっちだ!
行ってみよう
もう〜〜〜

……中国のそばみたいだな……

たった一杯のおそばが
笑顔をもたらすのですね
……

人間にとって食べることがいちばん大切なんだね
こら!
どろぼう!
おまえがぶつかってきたんやろが
やるんかこら!

このままではいけない……
ぼくはどうすればいいんだろう
ザ
ザ
一九四六年（昭和二一年）夏、
大阪府泉大津市——
ザッ
ザッ
プッ

ザブッ
ザザッ
ジャッ
ジャッ
こんな方法で塩をつくるなんてはじめて見ました！
前に製塩業の経験でも？
いいえ
でも太陽の光はただですからね
うまくいくと思ったんです
塩は生きていくうえでぜったい必要ですからね
かなりもうかっとるんやないですか？

いや
ご近所にただで
配っています
ええ!?
そんな欲のない…
戦争が終わって
若者たちがどうして
いいかわからなくなって
いますからね!
わたしは
みんなに
希望を持って
ほしいんです
なるほど……

いまのわたしは商売人というよりこの子たちの父親みたいなもんですよ！
ブロロロ…
ブンチャカ
ブンチャカ
ドンドン
!?
なんだなんだ!?
お世話になったお礼にみんなではじめたんですよ

一九四八年（昭和二三年）に
若者を集めておこした
「中交総社」がもととなり、
その後、
「サンシー殖産」（のちの
「日清食品」）が誕生します。

だから何度おこしいただいてもわたしは信用組合の仕事のことはわかりませんから……
一九五一年（昭和二六年）百福、四一歳――
いえいえそこをなんとか！
安藤さんのお名前を貸してくださるだけでいいんです
信用組合とは主に中小企業にお金を貸し出す小規模な銀行のような組織です。
当時、事業で成功していた百福を理事長にして世間の信用を得たかったのでした。
…う〜〜ん…

ご安心ください！
上司の了解は得ていますから
助かります！
もうどこの銀行も貸してくれなくって
信用組合もはじめたばかりだから貸し出しの実績がほしいんですよ
……
あんなに簡単にお金貸しちゃってだいじょうぶなのか？
もうちょっといろいろ調べてから決めたほうが……
だいじょうぶですよ！
百福さんは理事長なんだからもっとどーんとかまえてわたしたちにまかせてくださいよ！
そうかなあ……
しかし……

百福の不安は当たり、しろうと集団だったこの信用組合は結局つぶれてしまいます。名前を貸しただけとはいえ経営のトップにいた百福は責任をとらされて財産を失うことになってしまったのです。
……
あれも
これも
タンスも机も持ってかれちゃうよ
幸い自宅だけは借家であったため住むところだけは失わずにすみました。
それでも……

ガラ…ン
全部なくなってしまった……
お金も
物も
そして従業員たちも……

キッ
!?
さあ ごはんに しましょ!

えっ……
おなかが すいたら なにもはじめられ ないでしょ？
ぽかん…
そうやで！
おなかが へったなあ！

そうだな
よし！食べよう!!

いただきます！

魔法のラーメン誕生
一九五七年(昭和三二年)
百福、四七歳――
ごめんくださ――い
ず―――ん
あら親方どうされたんです?
だんなさんにたのまれまして……
キキッ…
はあ?

じゃーーーん
？？
いったいなにがはじまるんです？
新しい事業のための研究所をつくるんだ
ガチャ
け…研究って……？
※ラーメンをつくる!!
は？
覚えてるだろ？
戦争が終わったとき焼け跡でみんなが食べていたラーメンを

※ラーメン…この呼び名は、チキンラーメンの発売以降に広まったようです。

よし
はじめるぞ！

サラサラ
まず百福は、「開発の五原則」をつくりました。
一、おいしくて、飽きがこない味にす
二、保存ができるラーメンにす
三、かんたんに調理できるようにする
四、ねだんを安くする。
五、安全で衛生的なものする。
ばん
ザザーッ
えーと うどんの本によれば…ふむふむ…
ふむふむ、
勢いこんではじめたものの、
百福にはラーメンづくりの知識がまったくなかったのでした。
つるっ

片栗粉
だめだ！
げーっ
これじゃ
ただの
うどんだ
しかも
とびっきり
まずい！
まぜて
みるか……
片栗粉
小麦粉
うえっ
えーい
またか
今度は
これとこれと

うつら
うつら
ぬっ
わっ!
毎日毎日こんなおそくまでやってたら体こわしますよ
小麦粉…
水…
塩…
……
ねる
ばたん
チュン
チュン
チチ…

むくっ
ガララ
百福が麺を完成させるまでには一年近くかかりました。

多くの失敗をくり返しながら、
それでも百福があきらめなかったのは、
ほんのすこしずつでも前進している！
成功へと近づいている！と信じていたからです。
ぐつぐつ
ちゅる
これだ!!
このときの発見を後に百福はこう語っています。
「結局、食品というのはバランスだということがわかった。
よーし…
食品の開発はたったひとつしかない絶妙なバランスを発見するまでこれでもかと追求しつづける仕事なのである」。

どんなことにも楽な道はないと気づいたのです。
おやじさーーーん
またでっか
この配合だと麺が固すぎやしまへんか
いやいいんだ普通の麺とはちょっとちがうから
機械にあまりむりさせたくないねんけど……
そこをなんとか！事業がはじまったらもっとたくさんたのむから！
……まああんたが熱心なのは知っとるから協力はするけどな

スッ
親鳥のぶつ切り五キログラム
また来たこの人……
いらっしゃい
お客さんいつも同じの買わはりますけど
なにしてはるんですか？
いで！
ガッ
そういうことは聞かないもんだ！
おおきにー
??
百福は一流の店と取り引きをし、素材にこだわりました。
それだけよい商品をつくりたかったのです。

……
うん！
麺もできた！
スープもできた！
…で
これから先どうすればいいんだ？
麺に味をつけるにはどうすればいいか？
麺に最初からスープをからませるとボソボソになってしまうし、
麺を蒸してからスープをかけると粘ついて乾燥しにくい……
乾燥させるのも普通に乾かしただけではお湯で元にもどらないし保存もきかない……
問題はたくさんありました。

ただいま……
ご苦労さまです
ジュウウウゥ…
今晩は天ぷらか……
……
ジュウゥ…
ジュワワワ
はい
できあがり

!?
じー
熱いですよ!?
……
天ぷらを揚げるとき
衣の水分が蒸発して
外にはじき出されるから
表面に小さな穴が
たくさんできる……
ということは
再び水分を
あたえれば
穴からすぐに
吸収するはず
さめた天ぷらでも
あたたかいおうどんに
入れたら
すぐにおいしく
食べられますもんね

それだあ〜〜〜〜〜〜!!
ギュウッ
じーーっ
はっ
やったぞーー!!
ドタタタタタ
?

ばんごー!
一!
二!
…三…
じーーー
よん
きょうから完成したラーメンの製造に入るぞ
各自全力をつくすように!
はーい
……
たのまれて手伝いにはきたけど人づかいのあらい婿さんだねえ
ごめんなさいね母さん
けど退屈させないでしょ?

じょうろ?
ここが工夫のしどころだ

…かけてしまうの？
なめてごらん
スープや!!
おいしい!!
こうやってまんべんなく味をつけて
このまますこし乾燥させたら……
いよいよ本番だ！

これが
お父さんのラーメンを
つくるのに欠かせない
秘密兵器だ
ザッ
ここだ！

※麺を油で…安藤百福が考えたこの方法を瞬間油熱乾燥法といいます。長く保存でき、お湯があればすぐに食べられます。

カラッ
トポポ…
カポ。
よし
いいだろう!
パ
カ
ッ

わあっ
できとるで
ちゃんと!
ほんまや!
食べてみよう!
いただきます……
ちゅる

うまい!!
うん!!
よくできとるねーーー!
どうだ?
うれしすぎて
…味がよくわかりません…

こんなめでたい日に泣くやつがあるか……！
チキンラーメンの完成だ！

こうして
一九五八年（昭和三三年）
八月二五日、
世界初のインスタントラーメンが
発売されたのです。
このとき安藤百福は四八歳でした。
休眠中の「サンシー殖産」の社名を
「日清食品」と変えて
精力的にチキンラーメンを
売り出していきました。
INSTANT COOK
NSS
最高の栄養
あらま！ ほんまに ラーメンや
すごいわあ！
お湯を注ぐだけで 食べられるなんて 魔法のラーメンやね
わあ、
わたし買うわ！
うちも
うちの子に 食べさせたい わあ！

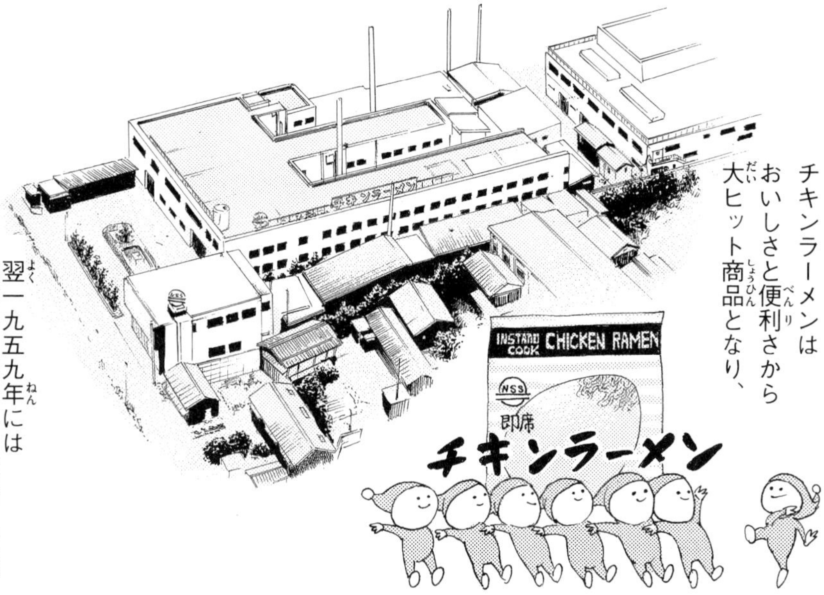

チキンラーメンは
おいしさと便利さから
大ヒット商品となり、

翌一九五九年には
大阪府の高槻市に工場を建設。
※オートメーションの設備で
本格的な大量生産をはじめます。

そしてまたたく間に
日本じゅうで
食べられるように
なったのです。

※オートメーション…人間の手でなく、機械によって自動的に製造する方式のことです。

インスタントラーメン業界の発展

チキンラーメンは大人気になりましたが、そのまねをした、品質の悪い商品がたくさん出まわるようになってしまいました。また、似たような製造法で特許をとろうとする会社もあらわれました。

製造法に関する特許は、その後、確定して、他社は日清食品と同じ製法でつくれなくなりました。しかし、百福は六一社もの会社と契約し、特許を利用させるようにしました。

いっぽう、日本ラーメン工業協会が設立されると、理事長となって消費者保護のために業界を取りまとめていきました。製造年月日や成分を商品に表示するようにし、製造の基準も細かく検討しました。

こうして、インスタントラーメンはますます安心して食べられる食品となり、業界も発展していきました。

カップヌードルの開発

一九六六年（昭和四一年）、百福が五六歳のとき、アメリカに海外視察に行きました。
きょうはわたしたちのチキンラーメンを知ってほしくて説明にあがりました！
OK OK
さっそく食べましょう！

これは
どうやって
食べれば
いいのですか？
えっ!?
えーっと
どんぶりは…
キョロ
キョロ
どんぶり？
OKこれで
だいじょうぶ！
…紙コップ!?
パキ…
トポポ…

OH! デリシャス!
これはグッドです!
……
ワンダフルです ミスター安藤
はは……
…そうか……
アメリカにはどんぶりもはしもないのだな……
一九六九年、日本──
ここのところインスタントラーメンをつくる会社が増えて
チキンラーメンの売り上げがのびなやんでいます
…あの 社長?

ん？
「ん？」じゃないですよ聞いてました？
ん…ああ……
日本でも海外でももっと売れるラーメンができないかなあ……
はあ……いまの商品もすばらしいものだと思いますが……
……
企業はチャレンジしないと同じところにとどまってしまう人生と同じだ
百福の考えている新しいラーメン、
それは――

はじめから容器に入っているインスタントラーメン！
①麺をつつむ包装材料であり、
②お湯を入れれば調理器具となり、
③食べるときには食器となる——
ひとつで三つの役割をする究極のラーメンだったのです！
ガタッ
ええい 机で考えたって よいアイディアは 出てこない!!
どんどん 試してみるか!!

「いつでもどこでもすぐに」食べられる
究極のラーメンをつくるぞ！
究極の
ラーメン？
？
？
？
百福はまず社長として社員たちに容器、麺、かやく（具材）と開発を分担して指示しました。
とはいってもまかせっぱなしにするのではありません。
？
？
まかせるとはその人の力量に期待することだ
みんなを見守り自分でもアイディアを出していかねば……

「開発とは
これでもかこれでもかと
追求する作業である」

アイディアのヒントは
周りを見わたせば
どこにでも転がっているのです。

考えて
考えて、
考えぬいて、

こうして、
究極のラーメンの形が
どんどんできあがって
いったのです。

かやく（具材）

かやく（具材）は
急速冷凍して乾燥させる
フリーズドライ製法を
つかったことで
色、形、味、
栄養などをそのままに
保つことができました。

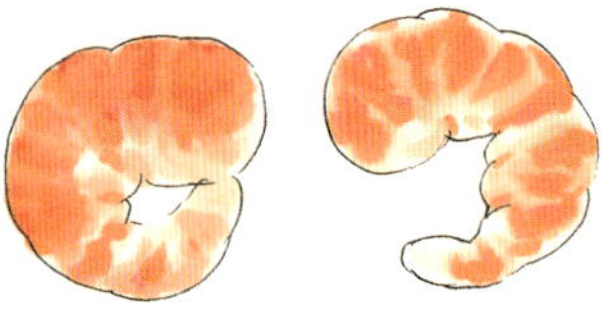

特に赤いエビを
加えることで、豪華さが
増しました。

カップ

いちばん重要なカップは
まず、手にスッポリ収まる大きさ。
そして素材は当時まだ新しかった
発泡スチロールを使用しました。
①手に持って熱くない。
②保温効果でお湯がさめにくい。
③じょうぶで軽い。
これらの条件が発泡スチロールで
可能となったのです。

スープ

スープはラーメンの定番の
しょう油味にして、日本人
の口に合うように仕上げて
います。

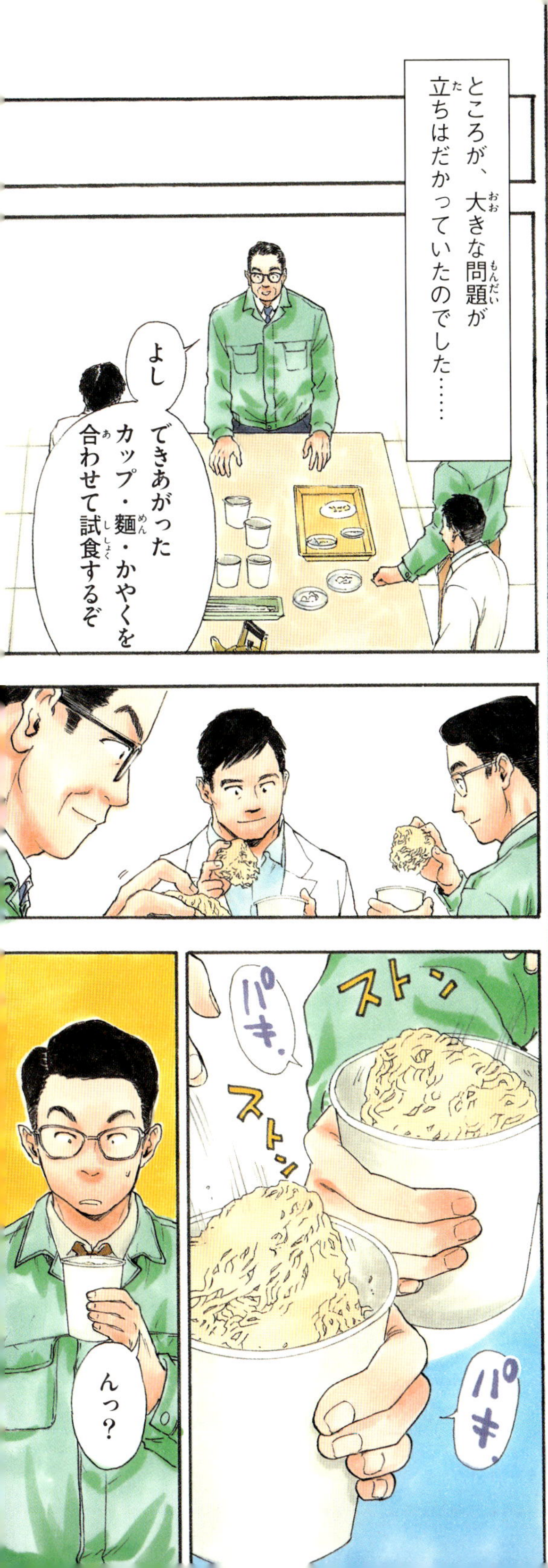

麺

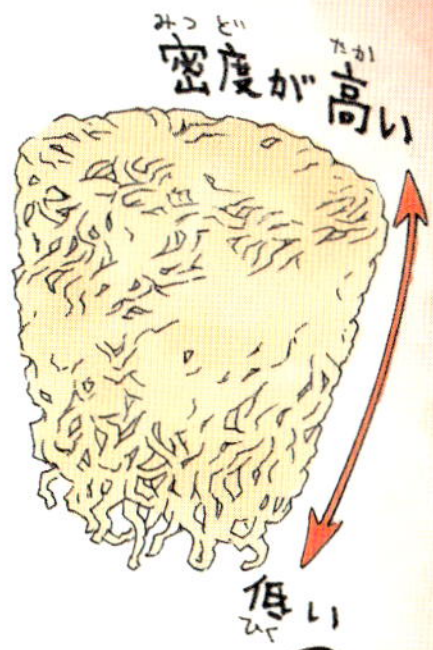

麺は上にいくほど
密度が高く
下にいくほど
低くなっています。
こうすることで、
麺が均一に
もどりやすくなります。

また上を平らに
することで
かやくをのせて
見栄えをよくすることが
できます。

ふた

「容器を密封するには、
どんなふたをつかえば
いいのか……?」
この問題には百福が
アメリカ出張の飛行機の
機内食で出された
マカダミアナッツの
容器が参考になりました。
紙にアルミ箔をはった
ふたは空気を
通しません。

カラ
コロ
カラ
あの…社長
容器と麺のあいだにすきまがあって麺が動いてこわれてしまうんですけど……
ボロ…
えっ
これだとかやくもバラバラに底に落ちてしまって見栄えが悪いですね
底に落ちた麺はもどりが悪くなってます
動くからこわれる
動くから……
…そうだ！

麺を宙づりにしてみたらどうだろう？
宙づり？
麺のサイズを容器に合わせてカップの中間で止めて動かないようにしてしまうんだ
そうすれば底につくこともないしこわれないだろう？
はぁ…
そんな方法でなんとかなるんやろうか……
？
？？
──って社長!?
さっそくやってみるぞ!!
ぐっ
ぐっ

ブン
ブン
んー…っ
おお…
ぎゅううううぅ…
トポポポ…
ずるる…

これは…
すべての問題をクリアしているぞ!
①麺がしっかり固定されてくずれない。
②すきまがないのでかやくが下に落ちない。見た目もきれいで食欲をそそる。
③麺がみっちりつまっているため外からの衝撃に強い。
④お湯が下までいきわたり麺を全体的にほぐし均一にもどる。
中間保持の構造!!
これは一石二鳥ならぬ一石四鳥にもなるすごいアイディアですよ!!
ごく…

だれも想像すらしなかったようなアイディアを形にできた……！
この商品は時代の一歩二歩先を行っている……
これは世界をあっとおどろかせる商品になるんじゃないか……!?
しかし、完成した試作品を工場で生産するためにはまだまだ問題がありました。

どうして麺がななめになったりひっくり返ったりしてるんだ……？
機械やからです
工場の機械の動きではきちんと水平に麺を落とし入れるのがむずかしいんです
かといって上から押しこんで整えようとしたら麺をこわしかねんし

これじゃあ
工場生産は
むりですわ……
そんな……
ここまで
きたのに……
……
どうしたら
麺をきれいに水平に
カップに入れることが
できるんだ……？
せっかくのすばらしい
アイディアを
むだにしちゃいけない
……！
ぐにゃあ
ぼー
…
？

ぐるん
!?
はっ
つかれてるのか……?
一瞬天井と床が
さかさまになって
ひっくり返ったような
がばっ
そうか!
わかったぞ!!
?
いいかい
カップに麺を
入れようとするから
いけなかったんだ
こうして麺を
逆さに置いて
……

カ
ポッ
!!

ガシャーン
ガシャーン
ガシャーン
ついにやりましたね社長!!
まさに逆転の発想
いままでにない新しいラーメンですよ!!
いや…ラーメンじゃない
究極のラーメンには新しいネーミングを……!

「カップヌードル」だ!!
CUP NOODLE
カップヌードル
一九七一年（昭和四六年）九月十八日、カップヌードルが発売されました。

新商品のカップヌードルです!
へえ〜〜〜こんなんはじめて見たわ
よう考えたなあ味もええし!
でいくら?
ええっ!!一〇〇円!?
高いわ!!
はあ?
袋入りのが二〇〜三〇円なのにだれがこんなもんに一〇〇円も出す!?
1袋
25円
あかんあかん!こんなん店に置いても売れまへんて!
だめ—!

だめです社長！
どこのお店もカップヌードルを置いてくれません！
「すぐにその場で簡単に」
だれもがいそがしく働いている時代だからこそカップヌードルには意味がある！
われわれはただラーメンを売っているんじゃない
食文化を売っているんだ!!

カップヌードルは世界を変える……!!
百福には固い信念があったのです。

ファッションフード 日清のカップヌードル テストセール
日清 カップヌードル
カップヌードル
日清食品の新製品
新しいインスタントラーメン
カップヌードル!!
わっ
ざ
いつでも どこでも すぐ食べられる
どうぞ カップヌードルを 試してみてください!
直接消費者の声を聞いて答えを確かめたい……!
そこで百福は当時、東京の銀座ではじまったばかりの歩行者天国で人びとに試食をしてもらおうと考えたのです。
…じゃあ 試しになら
どうぞ どうぞ!
ズルルル…
ちょっとー
モグ モグ

あのう…
じゃあ
おれも
あら！
いける！
なに なに？
ママ！ ぼくも！
ど
わ
すみませーん
わたしも ひとつ
こっちもー
カップヌードル
カップヌードル ください
なに？ なんの行列!?
なにか 新しいラーメンだってさ！
ならんでください
カップヌードルは まだまだ ありますからねー
ひえー お湯が足らん！

CUP NOODLE
ファッションフード
日清のカップヌードル
テストセール

やはり……
わたしの信念はまちがっていなかった!
カップヌードルはみんなのくらしを変える……!
世界を変えるすばらしい食品だ……!!

それまでまったく売れなかった
カップヌードルでしたが、
この銀座での試食販売で
一日に二万食を売り上げる日もあり、
歩行者天国はカップを片手に
歩く若者であふれました。

やがて
多くの人びとに
知られるにつれ、
日本じゅうで
大ヒット商品に
なりました。

そして百福の予想通り、
カップヌードルは
世界にも受け入れられて
いきました。

百福の信念
そしてもうひとつ百福の変わらない信念が会社に受けつがれています。
一九九五年（平成七年）一月 阪神・淡路大震災――
みんな無事やったか!?
なんちゅうことや……!!
どこも水 食料 燃料が不足しています！

まるで戦後の
焼け野原のようだ……
いますぐ
キッチンカーを
出動させるぞ！
あたたかい
カップヌードルを
おなかをすかせた
人たちに届けるんだ！
キッチンカー
「チキンラーメン号」は
給湯器を備えた
その場であたたかい
ラーメンを提供できる
車です。
百福はチキンラーメン号に
各地の避難所を回らせ、
一万五〇〇〇食もの
インスタントラーメンを
配給させました。

あのときと同じだ
あの戦後の闇市のときのように……
ぐっ……
それは
インスタントラーメンが
生まれるきっかけと
なった原点でした。

ラーメンは人類を救う

日清食品は、阪神・淡路大震災や東日本大震災がおきると、すぐに被災地にチキンラーメンやカップヌードルを届けました。助けを必要とする人に手を差しのべるのが、百福の信念でした。

こまっている人は、国内ばかりでなく海外にもたくさんいます。

一九九七年（平成九年）、世界のインスタントラーメンメーカーが手を結び、世界ラーメン協会を設立し、百福はその初代会長になりました。

協会は、貧困、災害、紛争などで飢えている人びとに、無料でインスタントラーメンを提供しはじめました。

インドネシアの紛争被害者、タイの困窮者、スマトラ沖地震やアメリカのハリケーンの被災者たちなどです。

百福の「食創為世」（食を創り、世の為につくす）という考えは、こうして実現されていったのです。

そして、
チキンラーメンの発明から四十数年……
おっ きょうも うまそうだな！
さあ 食べようか！
いただきます！
いただきます！
いただきます！
楽しんで食べなさい
そうすれば 新しいアイディアは かならずわいてくる！

二〇〇七年（平成十九年）
一月五日、
安藤百福死去。
九六歳でした。

ゴオ…
オオ
オオ
おいしそうだな

二〇〇五年（平成十七年）、
スペースシャトル「ディスカバリー」の宇宙飛行士、野口聡一さんの「宇宙でもラーメンが食べたい」との要望にこたえ、百福は世界初の宇宙食ラーメン「スペース・ラム」を開発しました。
人間はどこに行っても食べなければ生きていけない。宇宙空間でも同じだ。
国も人種もちがう人たちが同じ宇宙空間でラーメンを食べられるなんて夢があるじゃないか！

食足世平（しょくたりてよはたいらか）
食が足りてこそ
世の中が平和になるという意味で
百福がよく書いていた言葉です。
きちんと食事ができてこそ
人びとは幸せを感じます。
安藤百福が発明しようとしてきたのは
そんな豊かで楽しい社会だったのでは
ないでしょうか。

解説

食文化を追い求めた執念の人

国立民族学博物館名誉教授
石毛直道

PROFILE　NAOMICHI ISHIGE

1937年、千葉県に生まれる。京都大学卒業。元国立民族学博物館館長。現在は国立民族学博物館名誉教授、総合研究大学院大学名誉教授。専門は文化人類学。世界の食文化に関する著書多数。

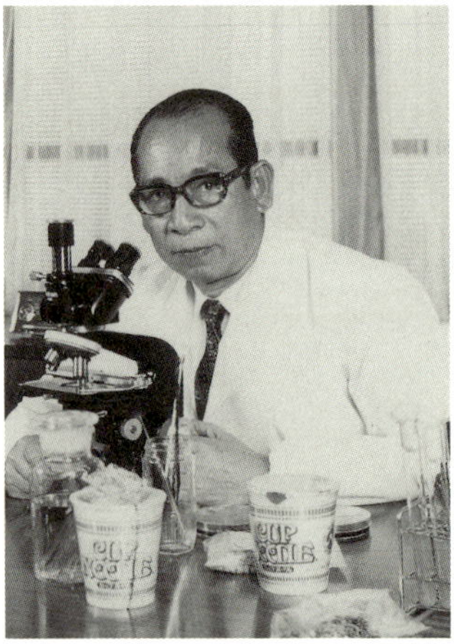

苦労の末、完成させたカップヌードルと安藤百福。

●年をとってからの成功

この伝記を読んだ人は、安藤百福が若いころからつねに前向きに考え、失敗をおそれることなく行動していたことが、よくわかったのではないかと思います。百福は、執念を持つことがだいじだとよく語っていました。発明につながるひらめきは、執念を持続させることで生まれます。人まねをせず、時代の一歩先をみて、決断したら、だいたんに実行していったのです。

年を重ねても、百福の執念がおとろえることはありませんでした。信用組合がつぶれて財産をすっかりうしなった百福が、チキンラーメンを発明したのは、一九五八（昭和三三）年で、四八歳のときです。苦心のすえに開発したカップヌードルを発売したのは、一九七一（昭和四六）年で、六一歳のときでした。

仕事で成功をおさめる年齢としては、かなりおそいほうかもしれません。

インスタントラーメンやカップ入りラーメンは、その後、あっというまに日本で、

「インスタントラーメン発明記念館」のなかに再現された安藤百福の研究小屋（右・外観と左・内部）。

そして世界で受けいれられるようになり、現在では、一年間におよそ九五〇億食以上が消費されています。

このように世界じゅうに広まった理由のひとつは、百福がインスタントラーメンの製造法に関する特許を、独占しなかったからだと思います。

特許の使用を認める契約を、ほかのたくさんの食品会社とむすぶことで、業界全体が活気づき、よりよいインスタントラーメンをつくろうとする競争がおこりました。その結果、世界各地の人びとの風土や好みにあわせ、それぞれの国でもっともおいしく食べられるインスタントラーメンが、つぎからつぎへと開発されていったのでしょう。

百福は、自分が開発したチキンラーメンを毎日のように食べつづけました。九〇歳をこえても、元気いっぱいでした。インスタントラーメンは、体によくないかもしれないといううわさを、自分が健康でありつづけることで、はねのけたのです。

●食に関する研究をはじめる

百福は会社を経営する実業家として、仕事にはげむいっぽうで、食に関する研究や文化事業にも、強い関心をもっていました。一九八五（昭和六〇）年、社長の職をゆずり、会長になりました。現場から一歩しりぞくことで、それまで以上に、さまざまな文化活動にとりくむ時間ができたのです。

この年に出版したのが、『日本の味探訪・食足世平』という本です。日本人がなにを食べてきたのかを調べるために、北海道から沖縄まで、全国を旅して、郷土料理を食べ歩いてまとめたものです。

長野県佐久市の凍み豆腐づくりの様子。うすく長方形に切った豆腐を戸外に干し、寒さで凍った豆腐をわらでつないで干し、食べるときは湯でもどします。

現地を実際に訪ね、みずから体験しながら調査を行う研究手法を、フィールドワークといいます。百福は七〇歳代なかばにして、食文化のフィールドワークの世界に足をふみいれたのでした。

郷土料理には、食品を保存する努力、加工の知恵、料理の工夫がうけつがれています。たとえば、冬の寒い期間に豆腐を乾燥させてつくる長野県松本市の凍み豆腐は、長く保存でき、煮るとすぐにやわらかくなる郷土食です。百福は、凍み豆腐がみずから発明したチキンラーメンにもつながるインスタント食品であることに気づき、大きな感銘を受けました。

百福は、あらゆる文化のもとが食であると信じていました。生きるためにただ空腹を満たすことを、食事とはいいません。健康を求めること、おいしさを求めること、いっしょに食べる家族や親しい人と心のつながりを深めることがたいせつで、食べることのなかに喜びがなくてはならないと考えました。そうして、はじめて食が文化として成立するというのです。

●麺の起源を求めて

郷土料理を求めて日本列島を一周すると、今度はラーメンのふるさとである中国を訪ねようと考えました。百福は、麺類こそ「食品加工の最高傑作」であると信じていました。

一九八七（昭和六二）年、百福は「麺ロード調査団」の団長となって、日本を飛びたちました。中国旅行の日程は三六日間です。そのあいだに、一五か所もの土地をめぐり、なんと三〇〇種類以上の麺を食べつくしました。

麺食文化のルーツを探るために訪れた中国・山東省で麺打ちを体験する安藤百福。

この旅で、大きななぞがひとつ生まれました。

それまで百福は、麺は東アジアで生まれ、東から西に伝わって、ヨーロッパのイタリアではスパゲッティになったと考えていました。

ところが、西域とよばれる中国の西のはての地域では、ラーメンのことをイスラーム教徒のことばで「ラグマン」とよび、西がラーメンの源流で、東へ伝わっていったと主張していたのです。

そこで、世界の食を研究していたわたしに声がかかり、「麺の系譜研究会」の団長になるようたのまれ、現地調査にむかうことになりました。

安藤百福さんとわたしとは、その何年か前からの知り合いで、食文化をめぐる旅で、いっしょに沖縄に行ったこともあります。

わたしの印象では、百福さんは「大人」の風格をただよわせる人物でした。つまり、すでにさまざまな荒波を乗りこえて、大きな業績を達成していたので、どんなものごとでも冷静に受けとめられる余裕の態度が感じられるのです。

また、とても精力的であるいっぽうで、周囲の人間に細やかな心配りのできる人だとも感じました。

ただし、今度の現地調査は、中央アジアからイタリアまでと、たいへん広範囲で、長期にわたるものだったので、百福さんは同行しないで、研究会の会長として全面的な援助をしてくださることになったのです。

この大がかりな調査で、いろいろなことがわかりました。

麺は、やはり中国が起源で、東西交流の歴史とともに、シルクロードをとおり、イスラーム社会を経て、何百年もの時間をかけて、イタリアに伝わったことが、ほ

手づかみでスパゲティを食べている当時の様子をえがいたイタリアの絵画。

ぼ明らかになりました。有名な旅行家のマルコ・ポーロが、麺をヨーロッパに伝えたという説が以前からありましたが、まちがいでした。

ラーメンやうどんは、麺が熱いスープのなかに入っています。このため、麺類を食べるには、独特の道具が必要になります。それが、スープと麺をいれるどんぶりのようなお椀と、麺を口に運ぶためのお箸です。もともとは中国でつくられた道具で、日本などの東アジアに広まりました。

では、どんぶりもお箸ももたないイタリア人は、どうやって麺類であるスパゲッティを食べていたのでしょう。じつは、皿にいれた麺を、汁けのないソースなどにからめて、手で食べていたのです。一七世紀から一九世紀にかけての絵画に、手づかみでスパゲッティを食べる姿がたくさん残されています。先がいくつもにわかれたフォークがつかわれるようになったのは、それほど昔のことではありません。

百福は、麺についての調査を、「ロマンに満ちた、意義のある仕事だった」と、のちに語っています。

●子どもたちがすこやかに育つ世界をきずくために

百福は、次世代をになう子どもたちの健全な成長を、強く願ってきました。

太平洋戦争後しばらくは、毎日の食事さえ不足しがちな貧しい時代でした。戦争が終わって四〇年近くたつと、今度は、物質的にたいへん豊かな時代が訪れました。ところがいっぽうで、青少年の非行や校内暴力など、心の貧しさが大きな社会問題になっていたのです。

百福は、子どもたちの心と体の健康をささえる両輪は、食とスポーツであると考

大阪府池田市にある「インスタントラーメン発明記念館」。遊んで学べる展示物が、たくさんあります。

「インスタントラーメン発明記念館」では、自分だけのチキンラーメンをつくれる体験工房があります。

えました。そこで、一九八三（昭和五八）年、「安藤スポーツ・食文化振興財団」（設立当時の名は「日清スポーツ振興財団」）を設立しました。資金はすべて自分の財産からだしました。

　当初からの最大の活動は、陸上競技の活動を支援することでした。とくに「全国小学生陸上競技交流大会」は、予選をふくめると、毎年たくさんの小学生が参加する大きな大会です。そのなかから、オリンピック選手も生まれています。

　また、子どもたちの創造力を高めるために、自然を体験させる「トム・ソーヤースクール」などの活動も行ってきました。

　食文化の振興の面では、一九九六（平成八）年に「食創会」をつくり、新しい食品の創造と開発を支援することにしました。食品に関するすぐれた研究や、新商品の開発に対し、「安藤百福賞」がおくられ、賞金がでます。食品業界の若い技術者たちに、刺激と夢をあたえたいと考えたのです。

　一九九九（平成十一）年には、子どもたちに発明と発見のたいせつさを伝えたいという思いから、大阪府池田市に「インスタントラーメン発明記念館」をつくりました。チキンラーメンづくりが楽しく体験できる食育施設です。二〇一一（平成二三）年には、横浜にも「カップヌードルミュージアム」が開館します。

　記念館のなかに、百福がチキンラーメンを開発した研究小屋が再現されています。なかをのぞくと、とてもせまく、たいした設備もありません。しかし、世界の食文化を変えるできごとが、ここでおきたのです。

　偉大な発明は、開発者の創意と工夫、そして強い執念によってなされることを証明しているかのようです。

年表
安藤百福

年表の見方

◆（　）の年齢は、その年の満年齢（誕生日をむかえた年齢）をあらわしています。
◆下の段のふとい文字は日本のできごと、ほそい文字は世界のできごとをあらわしています。

西暦（年齢）	おもなできごと
一九一〇	三月五日、当時日本の植民地だった台湾で安藤百福が誕生する。その後、両親を亡くす。
一九二四（14）	高等小学校を卒業し、祖父の経営する繊維業を手伝う。
一九三〇（20）	群守からすすめられ、図書館の司書になるが、あわずに二年でやめる。
一九三二（22）	「東洋莫大小」をつくり、独立する。
一九三三（23）	大阪に進出、「日東商会」を設立する。
一九三四（24）	立命館大学専門学部経済科を修了する。

日本（世界）のできごと

一九一〇	ハレー彗星が地球に大接近する。
一九一四	第一次世界大戦はじまる。（〜一九一八）
一九二九	世界恐慌がはじまる。

年表・安藤百福

一九四一	（31）	太平洋戦争がはじまり、繊維の貿易ができなくなる。
一九四五	（35）	太平洋戦争が終わる。
一九四六	（36）	大阪、梅田の闇市でラーメン屋台にならぶ行列を見る。 大阪府泉大津市で製塩業をはじめる。
一九四八	（38）	大阪府泉大津市で「中交総社」を設立する。
一九四九	（39）	「中公総社」から社名を「サンシー殖産」に変更する。
一九五一	（41）	信用組合の理事長に就任する。
一九五七	（47）	信用組合が倒産し、財産を没収される。 チキンラーメンの開発に着手する。
一九五八	（48）	試行錯誤の末、チキンラーメンが完成する。 八月二五日、チキンラーメンの販売を開始する。

一九三九	第二次世界大戦がはじまる。
一九四一	**太平洋戦争がはじまる。**
一九四五	国際連合が発足する。
一九四七	**日本国憲法が施行される。**
一九五〇	朝鮮戦争がはじまる。（〜五三）
一九五一	**サンフランシスコ平和条約が結ばれ、日本の占領が終わる。**
一九五六	**国際連合に加入する。**

一九五八（48）　十二月、「サンシー殖産」から社名を「日清食品」に変更する。

一九六二（52）　六月、「味付乾燥麺の製法」と「即席ラーメンの製造法」の特許を登録する。

一九六六（56）　海外進出を図るため、アメリカ、ヨーロッパを視察する。

一九六九（59）　カップヌードル開発に着手する。

一九七一（61）　カップヌードルが発売される。
十一月、東京、銀座の歩行者天国でカップヌードルを試食販売する。

一九七二（62）　浅間山荘事件がおこる。山荘を取り囲む警視庁の機動隊員がカップヌードルを食べている映像がテレビで中継され、カップヌードルが爆発的に売れはじめる。

一九七三（63）　アメリカでカップヌードルを発売する。

一九六四　**東海道新幹線が開通する。**
東京オリンピックが開かれる。

一九六七　東南アジア諸国連合（ASEAN）が結成される。

一九六九　アポロ十一号が、月面着陸に成功する。

一九七〇　**大阪で万国博覧会が開催される。**

年表・安藤百福

一九八三（73）	財団法人「日清スポーツ振興財団」（現・安藤スポーツ・食文化振興財団）を設立する。
一九八四（74）	読売新聞に「食文化の源流を訪ねて＝食足世平」を連載する。
一九八七（77）	中国の麺食の起源を調べるため、「麺ロード調査団」を組織する。
一九九五（85）	阪神・淡路大震災の被災地にインスタントラーメンを緊急支援する。
一九九七（87）	「第一回世界ラーメンサミット・東京大会」が開催され、世界ラーメン協会が発足、初代会長に選出される。
一九九九（89）	大阪府池田市に「インスタントラーメン発明記念館」をつくる。
二〇〇五（95）	世界初の宇宙食ラーメン「スペース・ラム」が野口聡一宇宙飛行士とともに宇宙へ飛ぶ。
二〇〇七	急性心筋梗塞のため、九六歳で亡くなる。

一九七八	**日中平和友好条約を締結する。**
一九八九	**昭和天皇が亡くなり、平成となる。**
一九九一	湾岸戦争がおこる。
二〇〇一	アメリカで同時多発テロがおこる。

この本を作った人

漫　画		海野そら太
シナリオ		石川憲二
監修・解説	国立民族学博物館名誉教授	石毛直道
装　丁		シマダヒデアキ（ローカル・サポート・デパートメント）
見返しデザイン		山本ユミ（zoo）
編　集		ウェルテ

参考文献

安藤百福『**苦境からの脱出―激変の時代を生きる**』（フーディアム・コミュニケーション 1992年）／高橋美幸『**日清食品の挑戦―創業者安藤百福から安藤宏基へ**』（大画としゆき画，ビジネス社 1995年）／中尾明『**インスタントラーメン誕生物語―幸せの食品インスタントラーメンの生みの親・安藤百福**』（PHP研究所 1998年）／安藤百福『**食欲礼賛**』（PHP研究所 2006年）／安藤百福『**インスタントラーメン発明王　安藤百福かく語りき**』（中央公論新社 2007年）／安藤百福『**魔法のラーメン発明物語―私の履歴書**』（日経ビジネス人文庫 2008年）／安藤百福編『**麺ロードを行く**』（講談社 1988年）／日清食品株式会社編『**日清食品創業者・安藤百福伝**』（日清食品 2008年）／安藤宏基『**カップヌードルをぶっつぶせ―創業者を激怒させた二代目社長のマーケティング流儀**』（中央公論新社 2009年）／石毛直道『**文化麺類学ことはじめ**』（フーディアム・コミュニケーション 1991年）

写真提供・資料協力

毎日新聞社／日清食品ホールディングス株式会社／ゲッティー イメージズ／JA 佐久浅間

学習漫画　世界の伝記NEXT

安藤百福

2011年7月10日　第1刷発行
2014年10月6日　第3刷発行

漫画	海野そら太（うんの　た）
シナリオ	石川憲二（いしかわけんじ）
発行者	鈴木晴彦
発行所	株式会社　集英社
	〒101-8050　東京都千代田区一ツ橋 2-5-10
	電話　【編集部】03-3230-6144
	【読者係】03-3230-6080
	【販売部】03-3230-6393(書店専用)
印刷所	凸版印刷株式会社
製本所	株式会社ブックアート

造本には十分注意しておりますが、乱丁・落丁(本のページ順序の間違いや抜け落ち)の場合はお取り替え致します。購入された書店名を明記して小社読者係宛にお送り下さい。送料は小社負担でお取り替え致します。但し、古書店で購入したものについてはお取り替え出来ません。 本書の一部あるいは全部を無断で複写・複製することは、法律で認められた場合を除き、著作権の侵害となります。 また、業者など、読者本人以外による本書のデジタル化は、いかなる場合でも一切認められませんのでご注意ください。

定価はカバーに表示してあります。

©SHUEISHA 2011 Printed in Japan ISBN 978-4-08-240051-4　C8323　NDC289

※集英社版・学習漫画※

世界の伝記NEXT（ネクスト）

おもしろくて感動する 21世紀のまんが伝記シリーズ

世界に愛され世界を愛した永遠の妖精
オードリー・ヘプバーン

敵を倒し、国を守り、民を愛した英雄
諸葛孔明

一代で世界的な会社を創った努力の人
松下幸之助

幕末をかけぬけた維新のヒーロー
新・坂本龍馬

正確な日本地図を信念と歩測だけでつくった男
伊能忠敬

華やかな映画スターから美しいプリンセスへ
グレース・ケリー

銀河鉄道で星空を旅したファンタジー作家
宮沢賢治

ヘレン・ケラーとともに歩んだ教育者
サリバン先生

力強い言葉で人種差別と戦った男
キング牧師

世界にバレエのすばらしさを伝えた「白鳥」
アンナ・パブロワ

インスタントラーメンを発明した実業家
安藤百福

運命を切り開いた世界で最初の女性医師
エリザベス・ブラックウェル

ツタンカーメン王の墓を発見した考古学者
ハワード・カーター

女性の自立と自由を高らかにうたった情熱の歌人
与謝野晶子

愛と歌声で世界を感動させた家族合唱団の母
マリア・フォン・トラップ

はじめて大西洋横断飛行に成功した女性パイロット
アメリア・イヤハート

花にかこまれた生活を生涯愛した絵本作家
ターシャ・テューダー

戦争の悲惨さを最前線で写したプロカメラマン
ロバート・キャパ

幕末、明治をかけぬけたハンサム・ウーマン
新島八重

阪急と宝塚歌劇団を創ったビジネスの天才
小林一三

人権のために国連で活躍した大統領夫人
エレノア・ルーズベルト

コンピュータで世界を変えた情熱の実業家
スティーブ・ジョブズ

世界でもっとも愛された悲劇のプリンセス
ダイアナ

既刊23巻好評発売中！

好評既刊 集英社版・学習漫画

世界の伝記

野口英世
ヘレン・ケラー
ナイチンゲール
エジソン
徳川家康
キュリー夫人
一休さん
ベートーベン
福沢諭吉
リンカーン
シュバイツァー
ベーブ・ルース
キリスト
二宮金次郎
モーツァルト
新渡戸稲造
ノーベル
コロンブス
ライト兄弟
マリー・アントアネット
ナポレオン
クララ・シューマン
アンネ・フランク
マザー・テレサ
チンギス・ハン
ガリレオ・ガリレイ
アインシュタイン
ニュートン
レオナルド・ダ・ビンチ
ファーブル
クレオパトラ
ジャンヌ・ダルク
アガサ・クリスティー
アンデルセン
モンゴメリ
ショパン
ケネディ
マリー・ローランサン
ジョイ・アダムソン
シートン

別冊／世界の発明・発見事典

日本の伝記

風林火山の名武将
武田信玄
戦乱の世の風雲児
織田信長
戦国の世を統一した天下人
豊臣秀吉
邪馬台国のなぞの女王
卑弥呼
法隆寺をたてた政治家
聖徳太子
源氏物語を書いた女流作家
紫式部
平氏をたおした源氏の武将
源義経
明治維新につくした志士
坂本龍馬
徳川家光をささえた偉大な女性
春日局
エレキテルをつくった天才発明家
平賀源内
江戸幕府を開いた政治家
徳川家康
金閣を建てた実力者
足利義満
鎌倉幕府を開いた源氏のリーダー
源頼朝
平氏の全盛期をきずいた政治家
平清盛
真言宗をひろめた名僧
空海
奈良の大仏を建立した天皇
聖武天皇
明治維新をなしとげた指導者
西郷隆盛
南北朝の動乱を生きぬいた武将
足利尊氏

資料にもとづき正確にえがいた伝記まんがシリーズ

インスタント食品の発展

百福が開発したインスタントラーメンのほかにも、人類はこれまで、安定して食べ物を得るために、くさりにくい、保存できる食べ物をさまざまな手法でつくり出してきました。ここではその発展を見ていきましょう。

ハム・ソーセージ

豚肉（ひき肉など）に塩や香辛料などを加え、加熱したり燻製にしたりしたものです。紀元前から食べられていた記録があり、ドイツのソーセージが日本では有名です。

缶づめ

調理された物を缶に入れ、空気を抜き、加熱処理したものです。19世紀にヨーロッパで発明され、日本には明治時代に入ってきました。関東大震災のときに本格的に普及しはじめたといわれています。

乾物

水分を抜き、天日などで乾燥させたもので、きのこや果物、魚介類などの乾物があります。その歴史は古く、奈良時代から宮廷への献上品として納められていました。